1906 - Tome 12.

VENTE
les Lundi 12 et Mardi 13 Février 1906
A 2 HEURES
HOTEL DROUOT — SALLE N° 4

EXPOSITION PUBLIQUE
le Dimanche 11 Février 1906
DE 2 HEURES A 6 HEURES

OBJETS D'ART

du Japon et de la Chine

NETZKÉ — MASQUES — BRELOQUES

LAQUES

JADES, BOIS SCULPTÉS, BRONZES

POTERIES ET PORCELAINES

Me Gustave COULON
COMMISSAIRE-PRISEUR
12, Rue de la Victoire, 12

IMPRIMERIE ARTISTIQUE
C. CHAUFOUR RUE MILTON 8-10
PARIS

CONDITIONS DE LA VENTE

La vente sera faite expressément au comptant.

Les acquéreurs paieront 10 o/o en sus des enchères.

L'exposition mettant le public à même de se rendre compte de l'état des objets, il ne sera admis aucune réclamation une fois l'adjudication prononcée.

Les indications concernant les métaux précieux sont fournies simplement à titre de renseignements et sans aucune espèce de garantie du titre du métal.

Ordre des Vacations

Dans la première vacation, on vendra les numéros : 1 à 30; 88 à 180; 274 à 298.

Dans la deuxième vacation, on vendra les numéros : 31 à 87; 181 à 273.

PARIS. — IMP. C. CHAUFOUR, 8 à 10, RUE M..TON

DÉSIGNATION

NETZKÉ — OKIMONO

MASQUES

1 — Jurojin (un des sept dieux du bonheur). Il porte le makiémono et s'appuie sur son cerf. Ivoire.

2 — Suzuri (pierre à délayer l'encre de Chine), avec le bâton d'encre (sumi) et le compte-gouttes (mizuiré). Bois noir.

3 — Le Takarafuné (littéralement : bateau des trésors). C'est le bateau sur lequel naviguent les sept dieux du bonheur, avec leurs attributs. Ivoire. Signé TADATOSHI.

4 — Aveugle cheminant, son bâton à la main et sa biwa (instrument à cordes) en bandoulière. Ivoire.

5 — Oni (diable) ouvrant un coquillage. Bois et corail.

6 — Chien dévorant une cuisse de chevreuil. Ivoire. Signé RANTEI.

7 — Guenon et son petit se disputant un kaki. Ivoire. Signé SEMIN.

8 — Pousse de bambou. Bois.

9 — Manzaï chantant et dansant. Bois et ivoire.

10 — Petite paysanne jouant de la flûte. Auprès d'elle sa hotte et sa faucille. Ivoire. Signé SHO-UNSAÏ.

11 — Mousko jouant. Bois et ivoire avec incrustations de burgau et de corail.

12 — Le Tekkaï-Sennin, sa gourde sur l'épaule. Ivoire.

13 — Le dieu Ebisu et son taï (sorte de dorade). Bois et burgau.

14 — Samuraï se juchant sur une cloche Ivoire.

15 — Le lettré Kanshin prouve son humilité en consentant à passer entre les jambes d'un batelier qui l'injurie. Bois.

16 — Jeune paysanne portant une corbeille de légumes Très fin netzké d'ivoire.

17 — Tchanomi (fruit de l'arbre à thé). Bois.

18 — Kara-shishi (lion de Corée). Bête chimérique à corps de lion et tête d'éléphant. Ivoire.

19 — Lotus sur lequel une petite grenouille est posée. Os. Signé Masayaki.

20 — Deux shishi. Ivoire.

21 — Jument jouant avec son poulain. Bois. Signé Ghekko.

22 — L'anachorète Dharma se posant des cautères sur le tibia. Bois. Signé Shunzan.

23 — Sur une table de jeu de go, des singes tentent de maîtriser un cheval fougueux. Ivoire. Signé TOMOCHIKA.

24 — Daïmio assis. Pièce d'ivoire très délicate, avec des rehauts de laque noir, de laque rouge et de laque d'or.

25 — Shishi sur un socle formant cachet. Bois et ivoire.

26 — Aigle tenant dans ses serres un petit singe. Ivoire.

27 — Glands et chataîgnes. Trois de ces dernières sont ouvertes et laissent voir de minuscules paysages. Ivoire. Signé GHIOKUOSAÏ.

28 — Rat pelant une aubergine. Netzké d'os d'une exécution remarquable. L'expression de fébrile convoitise du petit rongeur est rendue avec un esprit charmant.

29 — Barque de pêche. Un marinier tient la barre en fumant sa pipe. L'autre arrange des poissons dans une corbeille. Ivoire. Signé TCHIKOSAÏ.

30 — Pousse de bambou rongée par les vers. Bois.

31 — Un oni, sans doute poursuivi par le terrible Shoki, cherche à se dissimuler dans une boîte qu'il disjoint.

32 — Netzké-bouton, en ivoire, ajouré et sculpté d'un héron et de lotus.

33 — Netzké-bouton en bronze, damasquiné d'argent.

34 — Crapaud donnant la fessée à sa dame. Ivoire.

35 — Groupe de sept masques. Bois. Signé GHIOKUZAN.

36 — Femme lavant un kimono dans un baquet. Ivoire. Signé MINZAN.

37 — Danseur de Nô. Ivoire.

38 — Souris à sa toilette. Bois.

39 — Personnage agitant un cornet à dés. Ivoire.

40 — L'anachorète Dharma. Bois.

41 — Singe regardant avec gourmandise un kaki. Bois. Signé MASANAO.

42 — Tingu sortant de l'œuf. Bois. Signé TOYOMASA.

43 — Masque de Nô. Ivoire.

44 — Masque de Nô. Ivoire.

45 — Le guerrier blessé. Son avant-bras, tranché d'un coup de fauchard, gît auprès de lui. Farouche et menaçant, il attend la mort. Ivoire.

46 — Bonze assis sur un tronc d'arbre et caressant un petit singe. Bois noir. Signé HARUAKI.

47 — Dharma baillant et s'étirant. Bois et ivoire.

48 — Singe mangeant un fruit. Bois.

49 — Petit bonhomme s'efforçant vainement de remuer un énorme sac de riz. Ivoire.

50 — Le Tekkaï-Sennin, vêtu de feuilles d'arbres et portant sa gourde. Ivoire.

51 — Abritée sous des pins, une tchaya (restaurant). Des consommateurs y sont installés. D'autres se promènent dans les bosquets d'alentour. Bois. Signé YOSHIYAKI.

52 — Netzké-bouton en ivoire. Plaque de shibuitchi décorée d'un poisson. Dans le ciel, un vol d'oies et le croissant de la lune.

53 — Netzké-bouton en ivoire. Plaque de cuivre argenté, décorée de deux oiseaux voletant auprès d'une haie.

54 — Netzké-bouton en ivoire. Plaque de shakudo. Dans la voie lactée, on aperçoit en plein vol, une grue qui porte Fukurukuju. Signé au revers de la plaque YOSHIFUMI.

55 — Netzké-bouton en ivoire. Plaque de shakudo décorée en haut relief d'une branche de chrysanthèmes.

56 — Netzké-bouton en ivoire. Plaque de shibuitchi décorée de pivoines.

57 — Netzké-bouton en ivoire. Plaque de shibuitchi décorée d'un chapeau, d'une houe et d'un oiseau.

58 — Netzké-bouton en ivoire. Plaque de shibuitchi ajourée : oiseau parmi des roseaux.

59 — Netzké-bouton en ivoire. Plaque de shibuitchi ajourée: deux perdrix parmi des fleurs.

60 — Netzké-bouton en ivoire. Plaque de sentoku. Au clair de lune, un rossignol chante sur un prunier en fleurs.

61 — Netzké-boussole. La boîte est en sentoku. Elle est ornée d'une scène légendaire en incrustation de bronze doré.

62 — Okimono (netzké ornemental), en buis sculpté. Cette pièce, d'une exécution parfaite, nous montre un serpent enroulé autour d'un crâne.

63 — Masque de Hannia. Bois.

64 — Masque de Hannia. Bois. Signé IKKAN.

65 — Masque d'Okamé. Bois. Signé Ikkan.

66 — Masque de Shi-Ofuki. Bois. Signé Ikkan.

67 — Masque d'Okina. Bois et ivoire. Signé Ikkan.

68 — Masque de Kwannon. Bois. Signé Ikkan.

BRELOQUES (*)

69 — Breloque en forme d'inro.

70 — Breloque en forme de boîte sphérique.

71 — Breloque en forme d'aumônière.

72 — Breloque en forme de gourde, avec chaîne.

73 — Breloque formée d'une boule de cristal, armaturée de cuivre argenté.

(*) Ces breloques que les Japonais appellent « bra-bra » sont en général de petits récipients, en cuivre argenté ou doré, destinés à contenir des parfums.

74 — Breloque en forme de tchidori (hirondelle de mer).

75 — Breloque en forme de boîte carrée.

76 — Breloque en forme de fleur de prunier.

77 — Breloque en forme d'aumônière.

78 — Breloque en forme de médaillon.

79 — Breloque en forme de chrysanthème.

80 — Breloque en forme d'inro.

81 — Breloque formée de quatre grelots.

82 — Breloque en forme de tchidori, avec chaîne.

83 — Breloque en forme de coquillage.

84 — Breloque en forme de gourde, avec chaînette.

85 — Breloque en forme d'inro.

86 — Breloque en forme d'aumônière.

87 — Breloque en forme d'oisillon, avec chaîne.

88 — Breloque en forme de médaillon boudhique.

89 — Breloque en forme de marteau de Daïkoku.

90 — Breloque en forme de gourde, avec chaîne.

91 — Breloque formée d'une boule de cristal armaturée de cuivre argenté.

92 — Breloque en forme d'oiseau.

93 — Breloque en forme de fleur de prunier, avec chaîne.

94 — Breloque en forme d'aumônière, avec chaîne.

95 — Breloque en forme de crevette articulée.

96 — Breloque en forme d'aumônière, avec chaîne.

97 — Breloque en forme de coiffure de manzaï.

98 — Pendant d'oreille thibétain. Argent, corail et turquoise.

99 — Scapulaire chinois en os finement sculpté. Glands de soie.

100 — Scapulaire chinois en argent, ajouré de personnages.

101 — Bracelet chinois, corail et argent.

102 — Châtelaine, corail et argent. Travail chinois.

JADES ET PIERRES DURES

103 — Boucle de ceinture jade.

104 — Boucle de ceinture onyx.

105 — Amulette en jade. Orchidée sur un écran.

106 — Amulette en jade : Fleurs dans un cadre.

107 — Amulette en jade : Deux dragons.

108 — Deux agrafes de ceinture en jade.

109 — Amulette en jade, gravée de fleurs.

110 — Amulette en jade : Chien.

111 — Amulette en pierre dure : Aubergine.

112 — Bracelet en jade. Fêlure.

113 — Amulette en jade : Fruit.

114 — Amulette en jade : Cheval taquiné par un singe.

115 — Boucle de ceinture en jade. Deux pièces. Chacune d'elles est gravée d'une pêche et d'un papillon.

116 — Amulette en jade, fleurs et sapèques.

117 — Petite coupe en jade, à deux anses.

118 — Petite coupe en jade, à une anse.

119 — Amulette en jade, gravée de bambous.

120 — Presse-papier en jade, en forme de koto (instrument à cordes).

121 — Petite statuette de Pou-taï, en cinabre.

122 — Amulette en jade : Enfant dansant.

123 — Amulette en jade : Poisson et flots.

124 — Amulette en jade : Cygne.

125 — Agrafe de ceinture en jade, sculptée et ajourée d'un dragon.

126 — Agrafe de ceinture en jade : Dragon.

127 — Amulette en jade : Chat sur une feuille.

128 — Petit ornement en jade : Chaussure d'homme et chaussure de femme.

129 — Amulette en jade : Deux personnages.

130 — Amulette en jade : Cloche.

131 — Amulette en jade : Chien de Fô.

132 — Plaque de mariage en jade : Chrysanthème.

133 — Fétiche en jade : Chien de Fô sur une griffe de fauve.

134 — Amulette en jade : Koto.

135 — Amulette en jade : Fleurs.

136 — Amulette en jade : Chimère et oiseau.

137 — Amulette en jade, gravée de paysages sur les deux faces.

138 — Amulette en jade : Chien de Fò.

139 — Amulette en jade : Pêche.

140 — Amulette en jade : Fruit.

141 — Amulette en cornaline : Fleurs.

142 — Amulette en cornaline : Fleurs et fruits.

143 — Ornement en jade : Personnage portant des instruments de musique. Un manque.

144 — Ornement en jade : Enfant et grenouille.

145 - Ornement en jade : Deux enfants s'enguirlandant de fleurs.

146 - Ornement en jade. Enfant portant un lotus. Socle en bois.

147 — Ornement en jade. Enfant portant un vase de fleurs. Socle en bois sculpté.

148 — Ornement en jade : Cygne et fleurs. Socle bois.

149 — Ornement en jade : Enfant portant une guirlande. Socle en bois sculpté.

150 — Ornement en pierre dure : Chien de Fô.

LAQUES

151 — Inro quatre cases. Les deux faces sont décorées de shishi en laque d'or et d'argent sur un fond bara-nashiji (aventuriné). Signé TCHUYU.

152 — Inro cinq cases. Laque d'or. Décor de grues et de roseaux. Signé KAJIKAWA.

153 — Inro quatre cases, en laque d'or, décoré d'un vol de grues, en polychrome et en application de feuilles d'or. Signé JOKASAÏ.

154 — Inro quatre cases, de forme rectangulaire, en laque d'or, décoré sur une face d'un norimono (carosse de cour) et sur l'autre de feuilles d'aoï.

155 — Inro quatre cases. Sur un fond de toghidashi, on voit en or de divers tons et en paillon, des tiges d'une plante trifoliée. Signé KOAMI NAGATAKA.

156 — Inro quatre cases. Surgissant d'une nuée, l'implacable Shoki menace un oni qui fuit par monts et vaux. Décor or, rouge et noir sur fond poudré.

157 — Inro quatre cases, en écorce de merisier, frottée d'un laque de ton ochreux. Décor de mauves en vigoureux relief de laque d'or, de burgau et d'étain. Signé KORIN.

158 — Inro deux cases, en forme de perle. Bois naturel, gravé sur les deux faces de Sennin. Signé SOKEI (de Riuyo).

159 — Inro cinq cases, décoré en laque et en paillon d'or, d'un semis de feuilles de houx sur fond de laque noir.

160 — Inro quatre cases. Sur un fond de nashiji, paraissent en toghidashi des coquilles, dont quatre sont décorées en laque d'or de motifs floraux ou de personnages.

161 — Inro à glissière. L'inro à quatre cases, en bois naturel, est gravé de motifs géométriques. La glissière est ornée d'un store, de graminées et d'un biwa, en laque d'or et en laque rouge sur fond d'argent.

162 — Inro quatre cases, laque d'or, décor paysage.

163 — Inro une case, laque noir, décoré en laque d'or de dévidoirs. Signé Koma.

164 — Inro quatre cases. Sur un fond de laque brun, se plaque en à-jour, un épais décor de laque noir montrant des sages de la Chine qui jouent du koto ou commentent un coup de go.

165 — Inro quatre cases. Des papillons en laque d'or sont délicatement posés sur un fond noir.

166 — Inro quatre cases, en laque d'or. Auprès d'une corbeille fleurie de graminées et de chrysanthèmes, volent des papillons.

167 — Inro cinq cases, en laque d'or décoré, d'un paysage de montagnes.

168 — Inro quatre cases. Auprès d'une palissade montent des touffes de chrysanthèmes, où courent des insectes. Décor en laque d'or sur fond noir poudré. Les insectes sont en laque brun.

169 — Inro trois cases. Sur fond noir, en une polychromie d'ors et de bruns, se voient un shishi et des pivoines.

170 — Inro quatre cases. Des grues et un prunier fleuri sont dessinés en laque d'or sur le mordoré du fond, qui est d'écorce de merisier.

171 — Inro quatre cases. Sur fond de nashiji, se développent en laque d'or les 53 stations du Tokaïdo. Au centre, le Fuji, en laque de shibuitchi. Signé Inaba.

172 — Inro quatre cases, à glissière ajourée. La glissière est ornée de biramé (pavage d'or) sur fond de nashiji. L'inro est décoré de feuilles de momiji en poudré, et de fleurs de sakura en incrustations de burgau et d'écaille.

173 — Grand inro à une seule case, décoré en polychrome de masques de Nô sur fond de laque noir.

174 — Inro quatre cases, en laque d'or, décoré d'un paysage. Signé KASHOSAÏ.

175 — Inro quatre cases, en laque d'or, décoré d'une rivière qui court entre les parois d'un ravin.

176 — Inro quatre cases, décoré en laque d'or d'un store et de chrysanthèmes sur nashiji.

177 — Inro quatres cases. Sur une rivière, des pêcheurs en bateau. Laque d'or sur fond poudré.

178 — Inro quatre cases, en laque d'or. On y voit une cage, un kakémono, et des fleurs dans une jardinière.

179 — Inro cinq cases, en laque d'or. Auprès d'une palissade, un sakura fleuri.

180 — Inro quatre cases. Sur un fond poudré, des bambous et des grues en laque d'or et en burgau.

181 — Inro quatre cases, en laque noir, décoré en or d'un oiseau passant à tire d'ailes devant la lune et de feuillages. Un éclat à la deuxième case.

182 — Inro deux cases, bois naturel gravé de flots et décoré de poissons en laque d'or. Signé MATSUDA RIOCHO.

183 — Inro trois cases, laque noir, décoré de shishi et de pivoines en laque d'or.

184 — Inro cinq cases, décoré de cascades, en laque d'or sur nashiji.

185 — Inro cinq cases, décoré en laque d'or de feuilles de livres et de makiémono sur nashiji.

186 — Inro quatre cases. Sur fond noir poudré, décor hétéroclite de rats, de fruits, de fougères et de poissons.

187 — Inro cinq cases. Paysage en laque d'or sur fond noir.

188 — Inro trois cases. Bois naturel sculpté d'une scène tragique. Un paysan vient de précipiter un bonze dans un torrent.

189 — Inro cinq cases, en laque d'or, décoré d'un store et de feuilles d'aoï. Signé KAJIKAWA.

190 — Inro à une seule case, en forme de losange Il représente le mont Fuji « dont le sommet dépasse les nuages et dont la base trempe dans l'eau ». Laque d'or sur poudré.

191 — Inro trois cases, en écorce de merisier, décoré en applications de faïence, d'attributs de la danse de Nô : un masque, une coiffure et un instrument de musique. Signé à l'intérieur de la première case : KENYA.

192 — Kogo (boîte à parfums), de forme ronde, en laque d'or, décoré de chrysanthèmes. Signé SHUNZAN.

193 — Kogo de forme annulaire, décoré en laque d'or, d'un prunier et d'un croissant de lune sur nashiji.

194 — Peigne, dos cintré, laque d'or, décor floral.

195 — Peigne cintré, en laque rouge, décor floral en laque d'or.

196 — Peigne cintré. Bois naturel, gravé de fleurs.

197 — Peigne. dos cintré. Bois naturel, gravé de pivoines.

198 — Peigne cintré, en bois. Dos en bronze orné de petits médaillons ciselés.

199 — Peigne dos cintré. Laque d'or. Décor oiseaux et fleurs.

200 — Peigne et kogaï. Laque de plomb, décoré en or et en noir de médaillons.

201 — Peigne et kogaï. Laque de plomb, décoré en or et en noir d'écrans.

202 — Peigne, dos cintré, en laque d'or, décoré d'un enfant jouant parmi des fleurs et des papillons.

203 — Peigne en corne, avec monture en bronze doré, ornée de petites perles en verre.

204 — Peigne en laque rouge, décoré en or de fleurs de prunier.

205 — Peigne en bois naturel. Décor floral en laque d'or.

206 — Boîte polylobée. Fond noir, décoré en brun et or d'un paysage. Laque chinois.

207 — Boîte plate, à cartes, en ivoire. Elle est sculptée en creux d'un bac, où l'on voit un samuraï, une ghésha, un montreur de singe et un prestidigitateur. Par Ichiyeisaï Komin.

208 — Boîte à cartes, en laque rouge (Tsuihiu). Elle est incrustée d'une scène de lutte en ivoire.

209 — Boîte à cartes, en laque d'or. Elle est décorée de trois petits paysages, en médaillons, en or sur fond noir. Par Ayabei.

210 — Kogo à deux compartiments superposés, en laque guri.

211 — Pot à cendres à couvercle. L'extérieur est mi-parti, laque noir et nashiji, avec un décor de rosaces et de paulownias. L'intérieur est revêtu de cuivre argenté.

212 — Kobako (boîte à bibelots) rectangulaire, à angles arrondis, en laque d'or. Décor de pivoines.

213 — Kobako carré, à angles arrondis, en laque noir. Décor en plomb, en burgau et en or, de monnaies anciennes, d'un poisson et d'un nio-ï (sceptre). Cachet de Ritsuo.

214 — Fushibako (boîte d'un service de toilette), de forme cubique, couvercle en dôme, à recouvrement. Elle est en laque d'or et décorée de fleurs, de rinceaux et d'armoiries.

215 — Kobako rectangulaire. Décor en laque d'or de kakémono sur fond nashiji.

216 — Kobon (petit plateau), décoré en laque d'or et en hiramé d'un saule et d'un vol d'oiseaux sur fond nashiji.

217 — Fushibako en laque noir. Décor en laques d'or de divers tons, de fleurs stylisées et de rinceaux.

218 — Fubako (boîte à lettres), de forme oblongue. Décor en laque d'or sur nashiji de fleurs, de rinceaux et d'armoiries aux trois feuilles d'aoï. Une cordelière de soie rouge l'entoure.

219 — Petit panneau en bois, sur lequel se voit le buste de l'apôtre Dharma. Le visage est en

poudre d'étain avec rehauts d'or. Le manteau en laque sabi. Signé RITSUO.

220 — Boîte en bois, sculptée sur le couvercle et le pourtour de moineaux et de pivoines.

221 — Six petits plateaux carrés, décorés de paysages en burgau sur fond noir, bords sertis de métal. Laques chinois (Lot à diviser).

222 — Suzuribako (boîte à écrire), couvert d'un laque imitant l'écaille. Sur ce fond, on voit un pont rustique jeté sur un ruisseau tout fleuri d'iris. Ce motif décoratif est traité en laque d'or, avec incrustations de burgau et d'écaille. Cette boîte est incomplète. Les divers ustensiles qui la garnissaient ont été enlevés.

223 — Suzuribako. Cette pièce forme un ensemble avec la suivante. Le décor, dit des sept philosophes chinois dans la forêt de bambou, qui est traité en laque d'or sur nashiji, se répartit sur les deux boîtes.

224 — Rioshibunko (boîte à papier). Cette boîte complète la précédente.

225 — Suzuribako en laque noir, décoré en or et en incrustations de divers métaux, de deux

médaillons quadrilobés. On y voit l'histoire du dignitaire qui, pour éprouver la patience et le courage d'un jeune samuraï, jette trois fois de suite sa chaussure dans un gouffre, hanté par un dragon.

226 — Suzuribako en laque noir, décoré en or et en plomb d'un coq perché sur un kinuta. A côté deux kiné. (Le rouleau et les maillets avec quoi l'on assouplit la soie). L'intérieur est décoré en laque d'or sur nashiji d'un prunier en fleurs.

227 — Suzuribako en laque noir, décoré d'une applique de bronze, figurant un kimono de cour et un étui cylindrique avec deux grelots. Intérieur décoré de chrysanthèmes sur fin nashiji.

BOITES A OPIUM(*)

228 – Boite à opium cylindrique, en ivoire. Le dessus du couvercle est sculpté en ajour d'un motif de grenades. Le revers de la boite est gravé d'un cachet.

(*) Ces dix pièces sont chinoises.

229 — Boîte similaire, d'un modèle plus petit. Le couvercle est orné d'écureuils et de raisins. Cachet gravé au revers.

230 — Une boîte à opium de forme cylindrique, faite d'un nœud de bambou. Elle est cerclée à la base d'un anneau d'argent et porte un couvercle de même métal décoré d'un karagousa (motif floral), repoussé et ciselé.

231 — Une boîte similaire dont le couvercle est décoré d'une chauve-souris et de fleurs.

32 — Une boîte similaire d'un modèle plus petit.

233 — Une boîte similaire.

234 — Une boîte à opium cylindrique en cloisonné. Décor floral.

235 — Une boîte similaire.

236 — Une boîte cylindrique à base ovale en cloisonné. Décor floral.

237 — Une boîte similaire.

DIVINITÉS EN BOIS SCULPTÉS

238 — Statuette représentant Amida debout. Elle est en bois laqué sur un socle partiellement laqué vert et doré.

239 — Statuette sur socle représentant Kwanon. Bois doré.

240 — Statuette en bois sculpté, représentant le dieu Eïma, assis.

241 — Chapelle boudhique, laquée en noir extérieurement et en or à l'intérieur et contenant une divinité en bois sculpté. Ferrures en bronze doré.

242 — Chapelle en laque d'or. Elle renferme une Kwanon à l'enfant, en bois peint. Ferrures en bronze doré.

243 — Chapelle laquée noir extérieurement et or à l'intérieur. Elle renferme trois divinités en bois sculpté : Kwanon, Amida et Seiji. Ferrures en bronze doré.

244 — Chapelle laquée noir extérieurement et or à l'intérieur. Elle renferme un Bodisatwa en bois sculpté et peint.

BRONZES

245 — Applique représentant un chien de Fô.

246 — Mizuiré (compte gouttes), en forme de corbeille contenant des chrysanthèmes.

247 — Presse-papier représentant un écureuil.

248 — Presse-papier représentant un personnage dans une conque. Signé Ichibei.

249 — Petit gong rituel, en forme de coupe. L'extérieur est décoré, en gravures et en incrustations de sentoku, d'une frise de grecques et de fleurs et d'oiseaux.

250 — Brûle-parfum en forme de canard mandarin.

251 — Panneau rectangulaire, décoré en relief d'un oiseau de Hô dans un paysage lunaire.

252 — Coupe ronde, à deux anses.

253 — Deux petites boîtes à parfum tripodes, dont le corps cylindrique est annelé.

254 — Brûle-parfum en forme de grenouille croassant.

255 — Miroir en bronze argenté.

256 — Deux poissons en bronze doré. Au revers de chacune, la signature YEISAÏ.

257 — Presse-papier en shakudo chagriné, représentant un éboshi (ancienne coiffure de général).

258 — Ecritoire portative, en bronze à patine brune, incrustée en argent d'un motif décoratif.

259 — Récipient à encens, en forme de bouteille à panse ovoïde, sur laquelle s'adapte un long col, terminé par un bouchon percé de trous. La panse est gravée d'un motif floral. Bronze doré persan.

260 — Bonbonnière de forme ronde, dont le couvercle arrondi est orné, en incrustatations d'or, de shakudo, de sentoku et de shibuitchi, de trois enfants, aux somptueux costumes, jouant au ballon. Signé : YOSHITSUNÉ.

261 — Théière, dont toutes les faces sont revêtues de feuilles d'écaille et dont l'armature extérieure est un ajourage de bronze gravé.

262 — Petit vase à anses.

263 — Pot à cendres.

264 — Brûle-parfum tripode, dont le couvercle est surmonté d'un chien de Fô.

265 — Statuette de Bouddha.

266 — Mizuiré de forme ronde, dont le pourtour est orné de médaillons décoratifs. Couvercle en bois. Marqué au revers : MING.

267 — Vase imitant la forme et la décoration d'un hanap allemand et qui porte deux dragons comme anses.

268 — Petit vases tripode, incrusté de fleurs et d'entrelacs en argent.

269 — Gong rituel en forme de grelot.

270 — Gong rituel, en forme de cloche, suspendu dans un cadre en bois sculpté.

271 — Mizuiré de forme sphérique, à deux anses et un bec en tête de dragon.

272 — Brûle-parfum en forme de courge, avec des feuilles en relief. Sur une de ces feuilles formant couvercle est posé un petit oiseau.

273 — Coq en bronze gravé et ciselé. Deux petits manques dans les plumes de la queue.

POTERIES ET PORCELAINES

274 — Tortue en terre vernissée.

275 — Fukurukuju. Statuette en grès de Shigaraki, couvert d'un émail réséda.

276 — Vase en grès. Du goulot partent des coulées d'émail vert et bleu fouetté. Sur la panse, en incrustation de faïence et d'ivoire, une branche de pivoines. Signé Ishighiuro.

277 — Poule sur ses poussins. Porcelaine d'Imari, couverte d'émaux polychromes.

278 — Enfant jouant avec un chien. Petit groupe en terre-cuite vernissée et partiellement émaillée. Signé Meiko.

279 — Un coq et sa poule. Deux petites pièces très fines en biscuit, par Meiko. Les deux pattes et des plumes de la queue du coq ont été recollées.

280 — Paire d'éléphants, formant porte-bouquets, en porcelaine de Chine, décorée en polychrome.

281 — Kogo à trois compartiments superposés. Pierre gravée. Le couvercle est orné d'un motif de pivoines.

282 — Dharma baillant et s'étirant. Statuette en grès de Bizen.

283 — Chimère, Terre de poterie, genre Raku, couverte d'un émail rose bistré.

284 — Minuscule statuette en porcelaine de Nabéshima, représentant un Fukurukuju.

285 — Six paires de petits vases en porcelaine flambée de Kiyoto (Lot à diviser).

286 — Combat de deux shishi. Groupe en grès de Bizen. Quelques manques et réparations.

287 — Cinq gobelets en grès de Yatsushiro. Leur couverte fauve est ornée de roseaux, en incrustations d'émail blanc crème.

288 — Gobelet similaire, décoré d'une frise de rinceaux et de chrysanthèmes stylisés.

289 — Service à thé vert, en porcelaine, composé de cinq pièces : la théière, un bol à anse et trois tasses. Les cinq pièces sont de couleurs différentes. Signé : BANSHU.

290 — Service à thé vert, en grès de Takatori, à couverte brune mouchetée d'ochre. Il se compose de sept pièces : la théière, un bol et cinq tasses.

291 — Service similaire, à couverte brune, fouettée de blanc.

292 — Théière en porcelaine de Chine, à décor polychrome de vases à fleurs. Marque au revers : KIA-KING

293 — Théière en porcelaine de Chine, à décor polychrome de vases à fleurs. Marque au revers : YUNG-ÇHING.

294 — Théière en grès de Akoghi, décorée de fleurs en tons vigoureux.

295 — Théière en faïence d'Awata. Sur une couverte d'un blanc gris finement truité, on voit, traité en sumi-yé (dessin à l'encre), un décor de roseaux. Anse en vannerie.

296 — Théière en faïence d'Izumo, délicatement décorée de pins et d'un Fuji, sur une couverte jaune verdâtre.

297 — Personnage drapé dans un manteau vert et la tête couverte par un masque de shishi. C'est un figurant de la mascarade annuelle de la Fête du lion (ou shishi). Poterie de Raku.

298 — Paires de grandes potiches Satsuma, à couvercles, décorées en or et en émaux polychromes, sur fond crême craquelé, d'oiseaux de Hô et de fleurs.

C'est toujours une difficulté en céramique que de réussir une pièce de cette importance. Mais c'est un tour de force que de les apparier aussi parfaitement que les deux spécimens ci-dessus.

www.ingramcontent.com/pod-product-compliance
Ingram Content Group UK Ltd.
Pitfield, Milton Keynes, MK11 3LW, UK
UKHW032016260826
14628UKWH00006B/2524

9 782329 474724